KB080726

그림자 호수

그림자 호수

최 영 철 시 집

창작과
비평사

차 례

제1부

제1부

매향리

매향리에 가보지 못했다
매화 필 때도
포탄 떨어져 못다 핀 매화 질 때도
그 할머니 귀청 떨어져나갈 때도
자살과 살상 이어질 때도
굴 따던 임산부 포탄 맞아 죽을 때도
곤한 잠 깬 아이
곱게 걸어둔 가족사진 우르르 무너져내릴 때도
매향리에 가보지 못했다
매화 곱게 피던 봄
포탄 떨어져 그 향기 영영 박살나버려도
그 향기 영영 땅 아래 묻혀도
그 향기 영영 오지 않아도
매향리에 가보지 못했다
조개잡이 어린 소녀 포탄껍질에 앉아
다리 잘리던 날의 악몽에
멍한 눈동자 속 매화 피고

제트기 날개 위로 매화 지고
나 아직 매향리에 가보지 못했다

돼지들

구제역 돼지들이 구덩이 속으로 꿀꿀거리며 들어가네
한판 놀아보라고 놀아보라고 파준 구덩이 속으로
들어가네 꿀꿀거리며 코를 디밀고 온 세상은
넓어 너무 넓어 한판 걸판지게 놀아볼 자리가 아니었네
한판 걸판지게 놀아볼 세상이 엄마돼지 아빠돼지
다 먹어치웠네 뒤뚱거리며 끝없는 들길 코 박고
네 코는 주먹코, 내 코도 주먹코, 길 잃어버려 길에 쥐
어박힌
내 코는 들창코, 네 코도 들창코, 뒤뚱거리며 쫓아가다
구덩이 앞에서 널 놓쳐버렸네 구덩이 안에서 널 낳아
버렸네
구제역을 까고 구제역을 기르며 꼬물꼬물 구제역을 내
보내고
말았네 불룩한 돼지 무덤 네 엄마 불룩한 젖가슴
네 엄마 젖꼭지에 붙어 울고 있는 네 아빠
입 안으로 들어가고 말았네 들어가고 말았네

아래층 여자 그 아래층 남자

　아세요 그대 아침 운동 페달 돌리고 있을 때, 아직 곤히
잠든 아래층 여자 아랫배 위를 허덕거리며 넘어가고 있
다는 사실, 아세요 식사 후 거실 이쪽 저쪽 거닐며 콧노래
흥얼거릴 때, 점잖게 신문 보는 아래층 남자 대갈통 지그
시 밟아주고 있다는 사실, 아세요 잘 익은 생선 등으로 내
리꽂히는 당신 젓가락, 못다 푼 숙제를 향해 엎드린 아래
층 아이 등골을 쑤시고 있다는 사실, 아세요 지난 밤 당신
이 누른 초인종 그 위층 그 아래층 그 옆층 뒤층 어디를
누르나 같은 웃음소리를 낸다는 사실, 아세요 당신이 뻗
을 자리는 어느 길로 접어드나 앞으로 삼보 우로 삼보 좌
로 삼보 잠시 주춤 뒤로 삼보에서 끝난다는 사실, 아세요
칫솔질하는 당신 면상으로 위층 그 위의 위층으로부터
개숫물이 쏟아져내리고 있다는 사실, 층층이 포개져 헛구
역질 아내 위에 그 위층 그 아래층 아내와 남편 사이에 겹
겹이 포개져 있다는 사실, 이름도 얼굴도 모르는 위층 아
래층을 향해 오르가슴은 달리고 있다는 사실, 잘 차려진
그득한 행복 위로 누가 자꾸 가래침을 뱉고 있다는 사실

네모난 집

네모난 수박은 네모난 집에서 태어나
데굴데굴 구르지 않고 차곡차곡 쌓인다
썰어먹기 좋도록 자란 네모난 수박의 맛은
네모난 집에서 숙성되었다 둥글게 뻗어가며
낭창낭창 휘어지던 달짝한 수박맛이
모서리에 걸려 까슬까슬 비늘이 돋는다
네모난 것을 참지 않고 자꾸 박차고 나온 수박씨들이
감옥 창살을 부수는 바람에
그 농부는 5년 걸려 철제 아크릴로 된 완벽한 요새를
구축했다 네모난 수박을 만든 그 농부는
오래 전부터 네모난 방에서 살았다
둥근 지구를 나누고 토막낸 네모난 밭에서 일했다 그의
아들딸들은 대처로 나가 네모난 공장과 네모난 食□를
확장했다 큰 네모 작은 네모 수박을 반듯하게 만드는
기술이
그 아들딸들에 의해 완성되었다 그런 기술을 만든 죄로
그 아들딸들은 둥근 대지의 품에 안길 수 없어

네모 관에서 수십년을 갇혀 썩었다 그 아들딸의 아들
딸들은
　네모난 도시락과 젓가락과 네모난 아이들을 앞세우고
　네모 감옥에 면회 오는 중이다
　흙바닥을 데굴데굴 구르던 수박 한입 달고 시원한
　물맛도 모르게 된 지 오래, 네모난 수박의 퍼석한 중심
부를 자르며
　뚝뚝 떨어져나가는 살점 주워 먹으며
　아주 먼 옛날 둥근 수박이 있었다는 사실도 모르게 된
지 오래

푸줏간 이야기

주인이 잠든 밤이었다
토마토 갈치 양파 두부 무
하루 종일 난장판이던 사거리 한복판
빵빵 쨍그랑 우당탕 영차 땡땡
다 한숨 돌리고 잠든 밤이었다
사지 펴고 코 골며 다 곯아떨어진 밤이었다
진열장 붉은 전등 이제야 눈 한번 붙이고
푸줏간 고기들 잠에서 깨어나는 밤이었다
난도질당한 소 돼지 염소 오리 닭
뿔뿔이 흩어진 제 몸통 부르고 있는 밤이었다
뭐라고 제 짝을 찾아 외치는 내 발 내 머리
내 엉덩이 내 날개 내 아우 내 어머니
밤새 이리저리 맞추고 붙여보다가
산산조각 흩어진 짝을 다 찾지 못한 밤이었다.
토막토막 떨어진 이름 다 불러보지 못한 밤이었다
저 멀리 먼동이 트고
한숨 잘 잔 진열장 친구들 깨어나는 새벽이었다

꼬꼬댁 컹컹 음매 꿀꿀꿀

새날을 알리는 동포들의 곡성이 메아리친 새벽이었다

쓱싹쓱싹 푸줏간은 칼을 갈고

사방에서 장바구니들이 몰려드는 아침이었다

하나둘 붉은 전등이 켜지고

밤사이 돋아났던 눈 귀 입 팔다리 모두 감추며

제자리로 돌아가 잠자코 누운 아침이었다

붉은 살점들 시치미 떼고

다시 밤이 오기만을 기다리는 한낮이었다

17

무정란

자궁 체온이 남은 뜨뜻한 알들이 하루에도 수백 수천 개
팔려나가는 알집에 들어서면 비릿한 젖냄새가 난다
간밤 몰래 문을 따고 들어와 방사해놓고 간 수컷의 정
액들이
각질을 뚫지 못하고 알 언저리에 말라붙어 있다
낯선 아비의 젖을 거부하며 알들이 싸늘하게 두꺼워지
는 동안
수컷들은 모가지가 잡혀 왔던 길을 돌아간다
둥글게 등을 오므리고 아비를 물리친 알들은
태어나는 순간 다 완성되어 있었다
세상 밖으로 비집고 나오지 않으려고
자신을 돌돌 말아 붙이다가 저렇게 두껍고 둥근 알이
되었다
알집 여자는 무사히 밤을 넘긴 그것들이 대견해서
수컷들이 발라놓고 간 정충을 걸레로 쿡쿡 눌러 죽인다
다시는 깨어나지 마 여긴 너희가 놀 데가 아니야
알집 여자는 알을 뽑아 하나씩 터트린다

무정자들 고무대야에 담겨 시궁창으로 흘러가고
그 입구에 껍질들이 수북이 쌓인다
질펀한 시체를 훔치는 알집 여자의 손끝에서
수백 수천의 알들이 다시 꼬물대며 태어난다

잡초

가산 탕진하고 불려나온 공공근로
잡초 같은 인생이 잡초를 뽑고 있다
이놈의 잡초들이 탄탄대로 내 가는 길 가로막았다고
승승장구 치솟던 내 가지 다 잘라버렸다고
사방팔방 뻗어가던 내 뿌리 다 엉켜버렸다고

잡초는 그럴수록 쑥쑥 자라지
보도블럭 틈새 썩은 내장 하천
가뭄에 발갛게 타들어간
매서운 바람에 쑥쑥 일어나
하루에도 수십번 구둣발에 밟히지
하루에도 수백번 차바퀴에 깔리지

그것들 산에서 집으로 옮겨다놓고
타들어간 혓바닥 못 본 척했다
물 주고 싶은 마음 꾹 참고 보다가
어떻게든 살아야 한다 살아야 한다고

옮겨 심은 화분 속에서 아우성치는
잡초들을 보았다

믿을 건 오로지 제 한몸뿐이라는 걸
그새 알았는지
화분에 들어와 잠시 한숨 돌리려던 손발 거두어
이게 아니구나 이게 아니구나
마구 몸부림치며 일어서는
잡초들 보았다
비수처럼 돋아나는 무수한 싹들을

날아가는 메기

끓는 냄비의 뚜껑을 열자
다 익어 날개를 단 메기 한 마리 날아올랐다

고마워요 당신. 나 물고기였을 때 날아보려고 그렇게
파닥대고 솟구친 것 아시지요. 이렇게 날 수 있으리라고
는 훨훨 승천할 수 있으리라고는 생각도 해본 적 없어요.
그저 저 날렵한 꼬마물떼새처럼 날아올랐으면 날아올랐
으면 좋겠다고 시늉이나 하며 자꾸 물 박차고 홀쩍홀쩍
위로 솟구쳤지요. 그런데 이거였군요. 이렇게 익어 흐물
흐물해져서야 끓어넘쳐서야 날 수 있는 거군요. 몸속 모
든 기운 우려내 보내버리고 나서야 날개가 돋는 거군요.
그래야 한없이 부드럽고 가벼워지는 거군요. 여기 떨구
고 가는 살점들을 드세요. 큰 입 긴 꼬리지느러미 두고
갈게요. 고마워요 당신

이거였군요 이래야 날 수 있는 거군요
여기 남기고 가는 아린 가시가
제 발목을 붙든 것이었군요

먹이사슬

　낙동강 둔치에 뿌린 농약을 먹고 죽은 볍씨를 먹고 죽은 청둥오리를 먹고 죽은 참수리를 먹고 죽은 참붕어를 먹고 죽은 흑두루미를 먹고 죽은 폐유를 먹고 죽은 강물을 먹고 죽은 아이를 먹고

　죽은 것들을 먹고 죽어가는 것들을 먹고 죽었던 것들을 먹고 죽어갈 것들을
　회치고 버무리고 초고추장에 찍어

　먹이사슬 꼭지점에 전신주가 서고 우후죽순 형형색색 네온사인이 번득이고 구름 뚫고 어제는 없던 전신주가 하나 더 서고 새로 생긴 꼭지점으로 돌진하던 새들이 흉흉한 눈빛으로 차례차례 머리를 쥐어박으며 떨어지고

　행진
　행진
　끝나지 않는 행진

더블유더블유더블유점

이천년 시월 바람이 기울고 하늘이 멈추다
몇종의 목숨이 오늘 또 영원히 죽다
살아서 듣지 못한 부름 죽어 인터넷으로 듣다
애기앉은부채 뻐꾹나리 노랑무늬붓꽃 갈구리신선나비
물두꺼비
남생이 철갑상어 어름치 알락해오라기 붉은가슴흰쭉지
털발말똥가리 긴가락박쥐 흰수염고래 사향노루……
죽은 지 하루 만에 화상으로 영원히 부활하다
더블유더블유더블유점드림씨드점씨오점케이알
표독스런 이빨 포효하는 갈기 애잔한 밤의 곡성
낭랑한 아침의 지저귐을 스피커로 듣다
낮은 밤처럼 고요하고 밤은 낮처럼 소란스러우니
해는 저물고 달은 흉흉하게 불타오르다
싸이버 머니로 어르고 싸이버 모션으로 맨손체조
클릭 한번에 품종을 클릭 한번에 표정 동작을 바꾸다
더블유더블유더블유점해피나닷컴
씨앗 심고 물 주고 일조량 팔십 퍼센트 행복 이십 퍼센트

온도 섭씨 이십이도 가끔 우울 구름이 겹치다
습도 육십 퍼센트 수분 오백 씨씨 빗방울 날리다
화면 가득 뭉실뭉실 피어나는 꽃
컹컹 짖어대는 부라린 눈 잠자코 흔드는 꼬리
닫기 한번에 흔적없이 증발하다

뿔뿔이 흩어지고 남은 빈 화면 한가운데
커서가 눈을 깜박이며 사라진 것들을 찾아다닌다
너 어디 있니?

애기앉은부채~사향노루: 한국의 희귀 및 위기 동식물
중에서

성탄전야

맛난 것 먹고 빵빵해진 일가족 오색 풍선 따라
땡그랑땡그랑 배고프다 노래하는 자선냄비 따라
행복 몇 스푼 눈발로 내리고 있었대요
더운 국물이나 마셔두려는 가난한 식탁에
저 멀리 하늘에서 뭉텅뭉텅 수제비 알로 오시다가
하얀 쌀 소록소록 눈발로 오시다가
그만 내려앉을 곳 잃고
성탄 폭죽 선물꾸러미 어깨 위로 내리고 있었대요
하얀 쌀 수제비 빈 장독에 닿기를 기다리다
네살 두살 아이 재워두고 엄마는 술집 나가고
아빠는 인형 뽑으러 가셨대요
인형 다 뽑으면 시름 다 가고 꿈 같은 새날 온다며
아이들 깰까봐 살금살금 문 잠그고 가셨대요
꿈결 아이들 구름 타고 다니며
하얀 쌀 수제비 받아 붕어빵 빚고 산새로 날리고
불살라 언 손발 쬐며 다 녹여버리고
엄마 아빠 오시면 야단맞을까봐

그 불길 따라 하늘로 하늘로 올라갔었대요
소방차 오고 아빠는 눈이 커다란
눈사람 인형 한아름 뽑아오셨대요
아이들 훨훨 날개를 단 줄 모르고
엄마는 실비주점 더러워진 접시를 닦으며
유행가 한자락 흥얼거리고 있었대요

눈

하반신 없이 손으로 기어가는
동냥치 수레 위로
하늘에서는 한바탕 폭설이 쏟아졌지만
땅에서는 한바탕 동전이 쏟아졌죠
동전은 쌓여 노래가 되고
노래는 훨훨 날아
눈발로 내리다 말았죠
그렇지만 그렇지만요
동전은 그저 쨍그랑 소리로
동냥치 입속으로 들어가
자꾸만 흥얼거리는 노래가 되었죠
다시 올라가 눈발이 되고
눈발 징검다리를 타고
노래는 저 하늘까지 올라갔죠
잃어버린 동전 찾아 부르며
멀리 멀리 흘러갔죠
눈은 내리다 말고

잊을 만하면 또 내리고
노래를 떠난 찬 탄식들
모두 동전이 되어 돌아왔죠

010101, 압권? 엽기?

　공오시사십오분 삼십대 여자 가야로 무단횡단, 차에 부딪쳐 일어서려는 검은 물체를 여러 대의 승용차가 다시 치며 뺑소니, 깔리고 끌려가는 백여 미터를 인근 주행 차량 모두 외면, 반대 차로의 불빛에 반사되어 개인지 나무토막인지 깔리고 끌려가며, 치아 살점 점점이 날리며

　그 행렬 따라 눈부신 아침이 오고

　십칠시사십오분 중앙동 부산호텔 뒷골목 오십년 된 공동화장실 아래
　자지러지며 추락하는 긴 공동(空洞)
　서늘한 바람이 힘주어 버티고 있는 궁둥이를 찰싹찰싹 때리며

　그렇게 용만 쓰고 있을 때니

　아득하게 밑바닥으로 떨어지며

퉁퉁 나뒹구는 해

지금 그렇게 용만 쓰고 있을 때니

해와 별의 비밀

중천에 뜬 해를 리어카 행상이 끌어내리고 있었다
저 높은 곳까지 어떻게 올라갔는지
밧줄로 낚아내린 둥근 해가 거적에 덮인 채
투덜투덜 행상을 따라가고 있었다
지금 시간쯤 감쪽같이 사라지곤 하던 해는
알고 보니 저 행상의 짓
거적을 조금 들치고 해의 엉덩잇살 기름으로 불을 밝
히자
해를 잃은 사람들이 하나둘 걸어와 소주를 마셨다
그것도 알고 보니 해의 가슴에서 흐른 피
붉게 바른 양념 때문에 잘 몰랐지만
석쇠에 달구어진 닭살이나 곱창 같은 것도
다 해의 허벅지나 내장
그래서 말랑말랑하고 따끈했나?
해를 먹은 술꾼들은 해처럼 후끈해져서 말들이 많아졌다
비실대던 관절과 근육들이 앞 다투어 불끈불끈 일어서며
술꾼들의 노래가 하늘에 박혀 점점이 별이 되었다

술꾼들의 술이 거나해질 무렵
리어카 행상은 리어카를 거두었다
술꾼들의 눈이 휘둥그레졌지만 아무리 그래도
해를 다 잘라 팔 수는 없다고 중얼거렸다
리어카 행상은 왔던 길을 거슬러가다
아무도 보지 않는 언덕배기에서
주먹만큼 남은 해를 하늘로 쏘아올렸다
하늘의 기운을 몇번 심호흡한 해가
주섬주섬 주위에 흩어진 별들을 주워먹기 시작했다
별들이 사라지는 만큼 이내 해의 몸이 통통해졌다
별들이 하나둘 제가 태어난 술꾼들의 가슴을 찾아 들
어가자
술꾼들이 술에서 깨어 밖으로 걸어나오기 시작했다
가슴에서 별을 꺼내 주머니 속에서 만지작거리며
술꾼들이 가고 있었다 별 조각을 우물우물 씹으며

노숙 공원

공원 광장 비둘기들 모이를 쫀다
하릴없이 흩뿌린 것을 좋아라 받아먹는
이 아침의 종종걸음 누가 평화라 했을까
먹이 찾아 날개 떨구며 날아든 비둘기 옆에
머리 조아려 밥을 받아든 사람들
살 에는 바람에도 아랑곳없이
한점 남김없이 말끔하게 닦아치운 식판
그렁그렁 눈물이 맺힌다
먹고사는 일의 고단한 치욕이
있는 대로 움츠린 노숙의 어깨가
애처롭게 떨고 있다 식욕은 저런 것
식욕만 아니라면 이 혹한 박차고
당당히 저 창공 날아올랐을 것,
먹고사는 일 걱정 없는 수족관 고기
하나하나 죽어나가는 것 보다 못해
문어 한마리 넣어주었다는 어느 어부
어젯밤 노숙은 그가 쳐놓은 그물이었을까

느닷없이 찾아온 노숙의 밤이 믿기지 않아
문어 피해 헤엄치는 수족관 고기로
온밤을 파닥이다 제 가슴 한번 물어뜯고
실직의 미궁을 피해 비둘기는 날고 있다
불길한 꿈 떨치며 끝없이 내빼다보면
문득 돋아날 성근 근육
주린 배 연료 삼아 세파 넘어갈
지느러미 그 위로 돋을 날렵한 날갯짓

유유자적

눈먼 어머니 하루 천원 벌이 쪽파 다듬는 옆에
말 못하는 정신지체 아들
슬그머니 다가와 거들고 있군요

그 모습 환히 밝히려 날은 중천인데
늙으신 어머니 자꾸 헛손질이고
두 모자 적적할까봐 새들은 지저귀지만
귀먹은 아들 묵묵부답이군요

눈이라도 팔아
고깃국이나 실컷 먹였으면 하는 어머니와
큰길 나가 일장연설 동냥이라도 하면
밝은 눈 하나 사드릴 수 있다고 믿는

세상에 단 둘, 어머니와 아들
참 평화로운 봄 한낮이군요

DMZ의 두루미

나에게는 속박이었지만 너에게는 자유였네
끊어진 다리 부서진 길 따라
끝없이 펼쳐진 철망, 가로놓인 총칼
나에게는 끝이었지만 너에게는 시작이었네
먼 산천 떠돌며 쉬 부리지 못한 그리움
이제 막 알 깨고 나온 것들 뒤뚱거리며
하나는 남으로 하나는 북으로
엄동(嚴冬) 눈 속을 지나 낱알 쪼며 가네
금 그은 철책을 넘지 않으려고
몸 버텨 수그려 핀 들풀 사이
반백년의 여름 가고 가을도 갔을까
환하게 열린 하늘길 따라
저 너머 짝을 부르는 날개들의 학춤
나에게는 속박이었지만 너에게는 자유였네

야경

낮 동안 숨기고 있던 시뻘건 눈을 밖으로 매단 불빛들이
지나간다 반짝거리며 한번 신나게 지나갈 때마다
인두로 지지듯이 도시의 가랑이가 주욱주욱 찢어진다
산을 오를 때까지는 없었던 층층의 불빛들이
납작한 벌레처럼 꾸물꾸물 땅에서 기어나온다 많이 먹어
빵빵해진 배가 요동치며 한바탕 토사곽란을 일으키고
그때마다 바람은 가물거리는 외항 쪽에서 상륙을 시작
한다
긴 혀를 날름대며 서치라이트는 다시 돌아오지 않고
방파제 아래로 떨어진다 대신 저 위에서부터
강이 달고 온 지퍼가 열리면서 무수한 건더기들을 쏟
아낸다
쉬는 시간인지 등짐 지고 오느라 급하게 휘어진 하현
달이
맥을 놓고 멈추어 있다 강에서부터 흘러넘친 퀴퀴한
국물들이
조심스럽게 움직이며 불빛들을 무등탄다

그 틈에 슬쩍 날아가 앉은 밤의 스모그가
사산한 쇳조각들을 삐거덕 철커덕 갖다붙이고 있다

손

호주머니에 손을 찔러넣고 다닐 때가 좋았다
돈이래야 고작 몇천원, 아니면 몇백원
그것들을 만지작거리며 만화대본소 앞에도 서보고
구멍가게 앞에도 서보고 삼류극장 앞에도 서보고
호주머니 속이 답답해서
돈은 어서 빠져나가려고 안달이고
나는 어서 내보내지 않으려고 안달이었다
바다에서 우리집까지 기력을 다해 걸어온 적도 있었다
호떡집 앞을 지나쳤고 한 스무 개쯤의 버스정류소를
그냥 지나쳤다
돈하고 나하고 싸우는 동안 어느새 집앞이었다
호주머니에 손을 찔러넣고 다닐 때는
심심하지도 않았다 배고프지도 않았다
돈은 고작 몇천원, 몇백원일 때가 더 많았지만
호주머니는 불룩하고 통통하고 내 손은 따스했다
단발머리 여학생에게 말을 걸 때도
건달들하고 시비가 붙었을 때도

호주머니에 손만 찔러넣고 있으면 만사 오케이였다
요즘 친구들 좀 히줄래기가 된 게
호주머니에 손을 찔러넣지 않아 그런 건 아닌지 몰라
손을 찔러넣어야 할 호주머니에 종이돈이 두둑하고
알 수 없는 비밀들이 먼저 들어가 진을 쳐버려
그런 건 아닌지 몰라
호주머니가 다른 걸로 꽉 차는 바람에
오갈 데 없어진 손이 제 집을 찾지 못해
저렇게 허적허적 바깥만 맴돌고 있는 건 아닌지 몰라

저격수 김상사

오늘도 새들은 비행기 엔진 속으로 돌진한다
자기보다 빨리 나는 쇳조각 날개가 못마땅해
하나 둘 셋 넷…… 가미가제 특공대의 행렬로 날아오
른다
새의 날개는 비행기를 추격하느라 단련되고
비행기에 부딪쳐 떨어지면서 가벼워졌다
제 어미 애비들의 주검을 열고 깨어난 새들이
공중을 선회하는 비행기를 목표로 다시 솟아오른다
정조준한 탄환처럼 새들은 가서 박히고
산산조각 폭죽으로 울음소리로 찢어진다
안개가 지원사격을 나서고 비행기가 잠시 머뭇거리는
사이
기다렸던 새떼가 다시 일제히 솟아오른다
돌진하는 새떼를 향해
저격수 김상사의 엽총은 불을 뿜고
새들은 하나 둘 셋 넷…… 떨어진다
비행기가 그어놓고 간 수평선을 수직으로 끊으며

새들은 떨어지면서 날고 있다
잠시 주춤거린 비행기 밑구멍을 뚫고 그중 몇은
온 힘으로 지고 온 몸을 엔진 속에 디밀고
곧 프로펠러에 감겨 장렬하게 흩어진다
흩어진 깃털이 금방 새가 되어 내려앉는 활주로 위
저격수 김상사의 총부리가 새의 항로를 따라 정조준한다
가끔 그 과녁은 비행기의 쇳조각 날개 앞에서 멈출 때
도 있다
탕
탕

행진

아스팔트 넘어가다 깔려 죽은 그 위
전우의 시체 넘고 넘어
벌레는 간다 양서류 파충류 같은 것들
차바퀴 쉬지 않고 짓뭉개고 가
별처럼 반짝이는 무늬로 남은 길
일렬종대 포복으로 간다
누가 먼저 그려놓고 간 지도 따라
온몸으로 돌격한 간밤의 선발대 위
더 분명한 무늬를 찍는다
꼬물꼬물 흔적만 남기며
다음 것들 잘 건너가도록
징검다리 하나 둘 셋,
때마침 쏟아져내린 빗줄기 따라

비 갠 아스팔트 지워진 길 위
또 한떼의 수컷들 몸 던진다
텅 텅 차바퀴에 깔린 신음들
빨강 파랑 사랑가 부르며

제2부

봄날

댕그랑댕 백원 동전 떨어지는 소리
동전 던진 여자의 뒷모습 따라
숭그랑숭 동냥치 눈물 맺히는 봄날

잠시 눈감는 동안
백원이 천원이면 좋겠다고
또 저기 와르르 빌딩 무너지는 소리
또 저기 까르르 대박 터지는 소리

물거품 물거품으로 붕붕 날아가는 허기진 한낮
솟구쳤다 떨어지는 저 분수처럼
물기운에 놀라 가물거리는 저 벚꽃처럼
지폐 몇장 우수수 떨어지면 좋겠다고

하늘 향해 두 손 활짝 편 봄날
뜬구름 뿔뿔이 그냥 흩어지지 말고
가시는 길 부스러기나마 좀 흩날리고 가라고
끙끙 앓는 소리로 손바닥 펼쳐 든 한낮

구멍들

누가 베어먹다 버린 사과쪽처럼 움푹 파여
단물을 빨아낸 거무튀튀한 구멍 속
꼬물거리는 벌레들이 수도 없이 기어나온다
겨울을 보낸 나무의 옆구리
찬란한 봄의 광명이 모두 자기 탓이라며
한숨 잘 자고 일어나 벌써 날개를 달아버린 것들
연년생으로 내리 일고여덟을 낳아 축 늘어진
늙은 어미의 젖통에 들앉은 엽흔(葉痕)마다 수액이 돋고
한때 떠도는 것들의 귀착지였던
몸의 통로를 모두 열어젖혔다
저 찬란한 햇살에 내보인 크고 작은 흠집이
다 너희를 키운 자리, 노린재 무당벌레 노래기
눈바람 가리고 얼어붙은 피와 살을 녹인 은닉처
구멍 속에 도사리고 앉은 왕사마귀 알집
늦게 깬 또 한놈이 부시시 일어서고 있는
그 알집의 집

전파들

전동차 안에서 뭔가가 자꾸 나를 찌르고 갔다
찌르르 사랑이 왔을 때
하늘이 자꾸만 까마득해지던 때
사방 앞뒤 좌우 수압 센 샤워기처럼
지그재그로 춤추며 내 몸을 뚫고 갔다
자식들,
소리 소문 없이 전동차 강철판을 뚫고 들어와
강철판을 뚫는 마당에
흐물흐물 내 몸이야 아무것도 아니라는 듯
더 흐물흐물한 옆의 여자와
더 흐물흐물한 옆의 노인을 뚫고
그 옆 남자의 단말기에 가서 꽂혔다
전화를 받고 있는 남자의 몸을 뚫고
저 앞의 줄지어선 몸을 뚫고
두부처럼 스스슥 순식간에 관통해간 전파가
전화를 받고 있는 남자의 몸이 익었나 안 익었나
쑥쑥 찔러보면서

금방 뚫고 지나갔다
그 옆의 노인을 그 옆의 여자를 그 옆의 나를
뚫고 쏜살같이 지나갔다

거미

집을 가지면서부터 나는 이 세상의 많은 집들을 잃어
버렸다

하늘은 그 집 창으로 보이는 보자기만한 허공

빗소리는 그 집 지붕을 두드리는 젓가락만한 콧노래

집으로 가면서부터 나는 집으로 가지 않는 모든 길들
을 잃어버렸다

헛디디지 않고 걷는 일은 헛디디고 걷는 일보다 쉬웠다

바람이나 개울이나 알이나 잎이나 모두 집을 박차고
나와

비로소 온전해진 떠도는 우주

8차선 지나 4차선 지나 2차선 지나 비탈진 골목길

그리고 잠시 후 끊어진 거미줄

나는 그때 내가 쳐놓은 거미줄에 걸려들기 위해

내가 지나온 경로를 박차고 나갔다

비틀 또 비틀

어제 갔던 길을 구부리고 끊으며 나는 가고 있다

머리카락보다 질긴 회로의 비밀번호를 다 털어버리려고

비틀 또 비틀

아무리 발을 헛디뎌도 한 발 떼어놓는 순간

나머지 한 발이 찰싹 외줄을 부여잡고 있는

부여잡으며 죽어가고 있는 나는 세상으로부터 버림받

았다

거미가 거미줄에 걸리지 않는 건

거미줄 밖의 세상이 더이상 저를 걸고넘어지지 않기

때문

거미줄 안의 세상이 더이상 저를 내치지 않기 때문

나는 내 집 밖의 세상으로부터 버림받았다 모두

내 더듬이를 떠났다 실낱 같은 몇갈래 선을 즈려밟고

나는 지금 그 길을 거미처럼 가고 있다

거미줄을 타면서 거미줄 밖으로부터 완전히 버림받으

면서

거미줄 위에서 소리없이 죽어가면서

거미가 되어가는 내가 거기 있다

철판구이

아래는 불 훨훨
위는 바람 횡횡
그 사이 철판
철판에 올라선 나

불 훨훨 솟구치면
앗 뜨거 앗 뜨거
위로 뜀박질
바람 횡횡 지나가면
앗 차가 앗 차가
아래로 곤두박질

깨들이 뿌려지고
소금 식용유
무대는 반들반들 달구어져
블루스 지르박 힙합
발레 디스코 테크노

아래는 불
위는 바람
들끓는 깨들의 신나는 무도회

익을 만하면 잽싸게 들어오는
젓가락들의 혈투

덕지덕지 부스럼딱지가 앉은
손가락들의 혈투

월내역

나무가 한 그루도 아니고 두 그루나 잡아끄는 바람에
사내는 나무 사이에 있는 그 찻집에 들어갔었네
기차가 곧 당도할 시각이었지만 찻물은 천천히 끓고
찻물 따라 진해지는 와이담 몇 토막,
한물 간 여인은 자꾸 웃었고 그보다 더 한물 간 여인은
설거지를 버려두고 맥주 몇병을 들고 왔었네
첫잔을 비울 때쯤
기적소리 같은 게 해소천식처럼 지나갔지만
철지난 뽕짝이 후렴으로 넘어가며
기적소리보다 더 슬피 울어주었네
좌중은 그만 파안대소를 터트렸고
그 틈에 여인의 허벅지로 손이 간 사내를
두 그루의 나무가 번갈아가며 꼬집어주고 있었네
이렇게 싱거워서야 어디 사랑이 되겠냐고
김빠진 맥주가 국산양주로 바뀌고
좌중은 어느새 흠씬 뜨거워져 있었네
사내가 두어번 더 차 시간을 물었지만

커다란 괘종시계는 히죽히죽 고개만 끄덕였네
기적소리 같은 게 또 한번 울렸지만
사내는 그게
제 가슴 저편에서 울렁이는 바람소리인 줄 알았네
밤이 깊을수록 두 그루의 나무에서는 향기가 은은해졌고
사내는 그게 여인들의 체취인 줄만 알았네
두 여인이 쳐놓은 그물에 걸려
꼼짝달싹 못하게 된 사내는
두 나무 사이에 팔을 늘어뜨리고 깊은 잠에 빠져들었네
그때 비로소 새벽 열차 하나가 막 들어서고 있었고
기적소리에 놀라 벌떡 일어선 하늘이
간밤의 이불을 걷어내고 있었네
미처 깨우지 못한 사내를 두고
두 그루의 나무가 짐을 꾸려
아직 어둑한 승강장으로 걸어나가고 있었네

862원

설날 아침 통장에 찍힌 돈 862원
이 엄동설한 설렁설렁 부는 바람이 공수래공수거
울적한 내 심사를 어루만진다
혹시 아는 이라도 만나면 이 붉은 눈시울은
지랄 같은 겨울바람 때문이라고 말해야지
정말 지랄 같았던 작년이 죄다 이월되지 않고
단돈 862원만 따라와서 다행이라고
참 다행이라고 가슴을 쓸어내린다 재수없는 돈 862원을
어디에? 지하도에 엎드린 노인을 보았지만 그렇잖아도
무거웠을 생에게 이 천덕꾸러기를 떠넘길 순 없는 노릇
무수한 허탕의 공수표 사이에서 중상모략 사이에서
분질러지고 곡예를 한 862원은 파란만장한 세파를 용
케 넘어
쉽게 용해되지 않을 것이다 쉽게 휘발되지 않을 것이다
악착같은 놈 악착같이 해를 넘어 나를 따라온 862원을
눌러 죽이려는데 862원은 새까맣게 나를 올려다보고
있다

나 없으면 너 살겠니? 조롱하듯 내 속을 이미 다 알고 있다는 듯

　이게 씨가 되어 아라비아 숫자들은 올 한해 새끼에

　새끼를 칠 것이다 나오기 무섭게 이제 그만 좀 하라고 눌러 죽여도

　줄기를 뽑아도 잔돈푼의 뿌리는 여전히 남아 살아날 것이다

　옹알거리며 862원에 팔린 노예 862원에 저당잡힌 종신감옥

　설날 아침 나는 끝내 862원을 해치우지 못하고 내일로 이월했다

　몇푼 동전들이 통장 속에서 서로 몸을 부딪치며 또 알을 까고 있었고

임종

사십년 꼼짝달싹 못하고 누운 너 두고
먼저 가서는 안된다고
너 죽는 거 봐야 나도 따라 눈감는다고
다짐에 다짐을 하다 까만 머리 생생한 팔순 노모

그걸 누워 지켜본 예순 아들의 머리가
온통 백발이다

시들어가는 저에게 물 주는 나를
나무는 나무라고 있었으리라

검은머리 노모는 아들이 죽은 줄 모르고
며칠 동안이나 죽을 떠 먹였다
너 한 모금 나 한 모금
너 한 발짝 나 한 발짝
어서 먹고 일어나 저 동구밖 마실 가야지

죽은 나무에 돋아 있는 두어 개 잎
끝까지 나 안심시키려고
파랗게 있다
파랗게

검은 봉지

꾹 참던 것들이 와르르 쏟아졌다
한번 입을 열자 잠자코 있던 것들까지
줄줄이 줄줄이 내장을 뽑아 올린다
그 속에 가격표가 붙은 나도 있다
불룩한 배를 다 내주고 나니
뒤뚱뒤뚱 지고 온 것들이 모두 남이다
여기저기 서로 뛰쳐나가려고
쑥쑥 머리를 디밀다가 꾹꾹 안으로 숨다가
뒤죽박죽 한꺼번에 엎어진 것들
내팽개쳐진 광활한 사막이다
쭈글쭈글 횅횅 말리면서
댕그르르 구르면서
쓰레기통을 향해 투신이다
그렇게 처박힌 목숨을
바람의 모서리가 꾹꾹 짓밟고 간다
쑥쑥 찢어놓고 간다
너덜너덜 날개가 되어

가속도가 붙어
텅 빈 속에 또 잔뜩 바람을 넣고
빠르게 빠르게 날아간다

지진

뒤집히고 갈라진 품을 헤집고 들어간
콘크리트 더미
젖이 먹고 싶었던 거다
물컹하고 비린 어머니의 젖

죽어가던 어머니 땅은
제 죽기 전 딱 한번
젖을 물리고 싶었던 거다
숨가쁜 콘크리트 아가의 입

터진 수도관이 쏟아낸
뜨겁고 썩은 젖

비의 행로

과녁을 잘 조준한 놈은
주류의 물살 타고
주류의 본거지로 흘러가고
흘러가 유유자적 산천을 휘감아 돌고

조금 빗나간 놈은
흙으로 줄기로 스며들어
주류의 측근을 맴돌다
곧 주류의 부름을 받게 되고
둥실둥실 어깨춤 들썩이며 신이 났고

보도블록 시멘트 바닥
주류를 벗어난 것들
저만큼 산산조각 부서져
잠깐 아픈 소리 내지르다
햇살 돋자 금방 말라 자취도 없고

꿀꺽꿀꺽

자살싸이트에서 만난 남자 셋이 차 안에서 나란히 죽
은 걸

티브이에서 하고 있다

저녁 먹을 때도 했고 저녁 먹고 나서도 했고 배가 출출
해진 지금도

하고 있다

아나운서는 자꾸 바뀌었지만 바뀌어서 그렇겠지만

무슨 대단한 일이라도 일어난 것처럼 하고 있다

꼿꼿하게 허리를 펴고 보다가 비스듬히 기대고 보다가

팔을 괴고 보다가 오후에 만난 기분 나쁜 자식을 생각
하며 보다가

침을 꿀꺽 하며 보고 있다

자꾸 기분 나쁘게 굴면 자살싸이트 같은 데 들어가서

자살싸이트 친구들과 자살한 장면이 그 자식이 보는
저녁 티브이에

나와도 괜찮겠다는 생각을 하고 있다

아나운서들이 돌아가며 뉴스를 하고 티브이를 틀어놓

은 채로
　뭔가를 하던 그 자식은 죽은 나를 생각하며 침을 꿀꺽
하고 있다

　근데 그 자식들은 왜 약 먹고도 모자라 물속에까지
　돌진해 들어간 거지
　한번도 아니고 두번 세번 네번 꿀 꺽 꿀 꺽 꿀 꺽 꿀 꺽
　침을 삼키며

폐가

큰방 문설주 위에 걸어놓고 가버린 컬러 가족사진
햇볕에 색 바래 흑백사진 같다
무슨 큰 난리처럼 휩쓸고 간 세파에 밀리다가
이 집 일가족은 외양간 여물통에도 숨고 디딜방아
절구통에도 숨고 뒷간 지푸라기에도 숨고 부엌
불쏘시개로도 숨고 뒤란 우물 수렁에도 숨고
그때마다 요령소리 나게 달리다 울긋불긋
혈색도 고우시던 얼굴 물 다 날아갔다
붉은색은 육이오에 훨 날아가고 노랑색은
오일육에 홀 날아가고 파랑색은 오일팔에 활 날아갔다
그을린 흙벽 중간 더러 날짜를 건너뛰며 동그라미 쳐진
새마을달력 동네 경조사 메모 위에서
의원님은 근엄한 치사를 하고 있다 땅속에서
갓 건져올린 미라처럼 눈이 움푹 파인 괘종시계 아래
반쯤 남은 대병 소주 아직 아릿하다 팔순 잔치
저마다 차려입은 알록달록 치마저고리 단물 다 빠져
나간

액자 속 까만 눈과 하얀 이빨이 웃고 있다 배꼽마당
수북한 잡초 안으로 빨강 파랑 노랑은 숨고
까맣게 탄 머리칼과 하얗게 센 손가락이 비죽 나와 있다

세탁소에 맡긴 내 不刺

장대를 휘휘 저으며 주인이 물었다 오늘은 뭘 달겠소
당신 면상이 좀 폼나는 걸 차고 싶은 눈치군 이거요 저거
요 주인이 한두번 달아본 적이 있는 부랄들을 툭툭 두드
렸다 댕그랑댕그랑 이런 부랄 저런 부랄들이 부랄소리를
냈다 글쎄 조금 찬찬히 봅시다 저 놈 몰골은 왜 저 모양
이오 찌그러진 탁구공 같은 부랄을 주인이 툭툭 두드리
자 부랄이 눈을 부라리며 티각티각 소리를 냈다 그러게
말이요 웬 작자가 엉망진창을 만들어왔지 뭐요 요즘 젊
은 것들은 영 공중도덕이 없어요 그럼 오늘은 저걸로 하
겠소 소리가 간드러지지 않을 텐데 괜찮겠소 장대를 휘
휘 저으며 주인이 부랄을 건져 전자레인지에 넣었다 젖
은 부랄이 탱글탱글 마르는 동안 이미 마른 부랄들이 부
딪히며 부랄소리를 냈다 약발이 없어도 나는 모르오 댕
그랑댕그랑 그런데 이건 언제 찾아갈 거요 오래 전에 맡
겨두고 간 부랄을 툭툭 건드리며 주인이 물었다 하기야
이걸 차고 나가봐야 어디 써먹을 데나 있겠소 위험하기
나 하지 주인에게 해줄 말은 아니지만 사실 그는 아무 부

랄을 다나 마찬가지가 된 지 오래였다 새로 단 부랄들이
세탁소를 나오면서 댕그랑댕그랑 가랑이 사이에서 악수
하고 있었다 잘해봅시다 오늘 하루도 부랄부랄 댕그랑댕
그랑

깨진 항아리

밑동 깨진 항아리에 옮겨 심은
노루귀 솜다리 흰씀바귀 피고
봄이 왔다
좁은 주둥이 위 키 자랑하며 핀 꽃들
밑동 깨지지 않았으면
그 안에서 썩고 말았을,
주둥이 넓었으면 뚫고 나오려고
저렇게 힘쓰지도 않았을 몸들이
촘촘히 뿌리내리고 있다
산책로 넓히려고 마구 파헤치던
흙더미 사이 용케 건져낸 어린 싹
뽑힌 채 나뒹군 기억들 힘이 되었을까
어서 가자, 서로 발돋움하며
하늘 향해 뻗은 줄기
물 뿌려주어도 그 물 다 품지 않는다
자꾸만 달려드는 물기둥
더이상 받지 않고 뿌리치며 흘려보내며

바싹 마른 목 위로 치켜세운다
가냘픈 다리 아래로 아래로 내려꽂는다

고목을 지나며

고궁 후원을 거닐다 만난 오래된 향나무의 뒤틀린 몸이
만방으로 뻗치는 한민족의 기상이라 말하는 안내원 몰래
그 몸통 가슴께를 가만히 손으로 어루만졌습니다
한번도 담 너머 나가보지 못한 왕조의 적적한 한나절이
왕도 아니고 왕비도 아닌 자태로 구부러져
오늘은 또 무슨 일이 있으려나 가슴을 콩닥거리며 섰
습니다
이것도 위엄이라면 위엄일까요
단정하게 가두어진 못물로 그 못물에 떠서 숨죽인 연
잎으로
내내 가슴을 쓸어내리고 산 이것도 위엄이라면 위엄일
까요
수백년 향나무의 지그재그 용트림은
외간 범부의 등에 업혀 담이라도 넘고 싶어 주리가 틀린
주리가 틀려 비명을 내지르다 줄줄이 실려 나간
사대부의 말년이었습니다
어린 권좌 앞에 엎드린 고관대작 할아버지들이 우스워
주리가 틀린

주리가 틀려 마침내 권좌를 똑바로 올려다보며 한 말
씀 하신
　백면서생의 말년이었습니다
　줄줄이 엮여 나간 왕조의 흥망성쇠를 한자리에서 다
보아버려
　이제 제 맘대로 죽을 수도 없게 된
　죽어 제 맘대로 걸어나갈 수도 없게 된
　저 향나무의 말 못하는 위엄이
　내 초라한 위엄인 것만 같았습니다

랄라 룰루

성냥공장 아가씨 성냥도 많지 아무데나 칙 그을 성냥
만 있다면 랄라 세상은 금방 타오를 불쏘시개라네 성냥
공장 아가씨 온몸이 성냥이라네 반짝이는 저 눈빛도 성
냥이어서 눈길만 마주쳐주면 확 불길이 인다네 알 만한
사람은 그걸 알아서 성냥공장 아가씨 보면 얼굴을 돌린
다네 아무데나 성냥 칙 긋고 싶어 종일을 쏘다니다 성냥
공장 아가씨 성냥 다 젖었다네 랄라

연필공장 아가씨 연필도 많지 하얗게 손 내민 종이만
있다면 룰루 세상은 신비한 이야기로 가득 찰 책장이라
네 연필공장 아가씨 온몸이 연필이라네 새침한 저 입술
도 연필이어서 한번 입 열면 주렁주렁 비밀이 열린다네
알 만한 사람은 그걸 알아서 종이란 종이는 다 불살라버
렸다네 아무데나 그어대며 쏘다니다 연필공장 아가씨 연
필 다 부러졌다네 룰루

길

청소부가 한나절 쓸어놓고 간
지상의 길이
마음에 차지 않는지
가로수는
조금 전까지 산들거리며 하늘을 닦고 있던
제 손바닥 거두어
우수수 아래로 날려 보냈다
지나가는 사람들 발길에 채이고 밟히면서
그 손바닥들은
제멋대로 흩어진 지상의 길을
팽글팽글 구르며
닦고 또 닦아주었다

말끔히 닦인 그 길로
금방 진흙탕을 건너온 한 사나이의
비틀거리는 발자국이 찍히고 있다

질주

나 한때 콸콸 쏟아붓던 적 있었다
눈물인지 땀인지 자꾸만 흘러내리던 것
가로막은 것 멈춘 것
다 쓸어 보내버린 때가
참을 수 없던 때가
시궁창으로 바닥으로 내모는 것
안간힘으로 부여잡은 손길
마구 뿌리치던 것
후드득 떨어지는 물세례를 맞고
끝없이 떠밀려간 때가
용서할 수 없던 때가
낭떠러지로 내리꽂던 것
눈 못 뜨게 하던 물보라 무지개
중천으로 빨려들어간
빨주노초 색의 알갱이

이제 그만 퍼부어주렴

이제 그만 떠밀어주렴
뚝뚝 눈물인지 땀인지
그만 그 자리에 말라버리고 싶을 때가
너도 언젠가 깡그리 바닥나버리고 싶을 때가
몇 방울 남은 눈물인지 땀인지
이제 그만 영 입 닫고 싶을 때가
바싹 타들어가고 싶을 때가
꼬물꼬물 증발해버리고 싶을 때가

달에게
은현시사에서

어둔 세상을 깨물어서

네가 밤새 터트려놓고 간

저 숨구멍

제3부

질투

식목일 아침 시청 광장에서 나누어준 이팝나무
머리카락 이빨도 안 난 맨몸뚱이 그것을
화분에 심어놓고 들여다보는데
몰래 들여온 애첩이냐고 질투하는 질투하는
아내가 아름다워 애지중지 물 주고 쓰다듬는데
일주일 가고 한달 두달 봄은 이미 다 내빼고 없는데
뭘 그리 아침마다 말 시키느냐 어루만지느냐
질투하는 질투하는 아내가 아름다워
지극하게 옆구리 슬슬 쓰다듬는데
산 너머 내빼는 봄 뒤쫓아가 붙잡아놓고
딱 한번만 더 이팝나무 가지에 봄바람 좀
살살 흔들어주고 가라고 가라고 매달리는데
그 꼴 도저히 못 보겠던지 질투하는 질투하는
아내가 아름다워 안방 머리맡에 모셔놓고 하룻밤,
새근새근 숨쉬기 시작하는 가슴
장벽를 뚫고 있는 잎의 드릴 소리 드르르륵드륵
머리를 세우고 몸통을 들이받는 소리

쫓아가다 쫓아가다 그만 깜박 잠들고
그만 아침이 오고 말았는데
어 이팝나무 간 데 없네
뚫고 나온 이파리들 날개를 달았나

며칠 뒤 비 오고 그 빈 화분에 내민 잡초 하나
질투에 질투를 먹고 큰 잡초
너는 괜찮겠지?

팽나무 이야기

문화재관리사무소 노인이 한참 망설이다가 철문을 열
어주었다
한 몇백년 닫혀 있었던지
녹슨 자물통이 움직이기 싫다고 삐걱거렸다
흑발을 바람에 다 날리고 백발만 남은 관리인과
푸른색을 다 빨아 먹히고 멀건 헛바닥만 남은 나뭇잎이
그 둘을 핥아먹고 짱짱해진 햇살 아래 서 있었다
그 사이 선 나는 뭐더라
저 백발과 홍엽에 이끌려 잠시 길을 거슬러온
반백 반홍의 육체,
노인 곁을 지나 나무 가까이 몇 걸음 더 나아가자
휘장이 걷히며
한 몇백년 주머니에 꽉 차 있던 유리구슬이 흘러내렸다
그 미끄럼을 타고 열린 쇠문 사이
나무는 몇백년 만의 바깥 마실을 나서고 있었다
팽, 오지게 코를 한번 풀고는,
어, 어……

한 몇백년 만에 저를 만나러 온 나는
나무가 외출하고 없는 나무 곁에서
나무의 빈 껍질만 눈으로 만지작거렸다

언제 저 나무를 내 눈 안에 다 넣지?

다음에 또 오지 뭐

풀밭에서

풀밭에 누워 하늘을 보면
하늘엔 제트기 씽씽,
뾰족한 콧등에 실밥 터지듯
주욱 하늘이 찢어지네
흰 피가 씽긋 배어나와
웃고 있네
솔개 한 마리
그 상처 닦으며 꿰매며 가네
남은 흉터를
새털구름이 슬슬 닦아주고 있네

내가 소나무 잣나무 같은 것이었을 때

바늘잎나무가 사철을 사는 것은
그 뾰족한 입을 허공에 꽂고
산자락 가득 찬 공기를 배불리 빨아먹기 때문

단번에 잘려
기둥이나 마루판 되어서 오래 견디는 것은
그 뾰족한 침의 기억으로
달려드는 못된 것들을 모두 물리치기 때문

자꾸만 뾰족해지지 않으면 안되었던
제 허벅지를 찌르지 않으면 안되었던
긴긴 수절의 시간을 잊지 않았기 때문

꼭꼭
꾹꾹

5월

왕피천 바닥이
알 낳고 죽은 은어로 가득하다
봄 지나 여름으로 가던 따끔따끔한 햇살들
투명한 수의를 만들며 개울을 덮는다
갈매기 몇 마리 물어뜯다 간
주검의 사타구니 사이
옹알옹알 알들이 깨어나
제 어미의 길을 간다
아니라아니라 물길을 거슬러

금낭화 아래

흰 이빨 위로 오목한 입술 줄줄이 매단
금낭화 옆을 지나며
누구는 부처에게로 가는 연등 행렬이라 했지만
가타부타 한마디 말없이 제 몸을 으스대는
금낭화 행렬이 그만 보기 싫었습니다
제 이쁜 구석을 길 위에 앞세운 그것들을
넋빠져 바라보기에는
금낭화 몸 밖으로 보내느라 으스러지고 팍팍해진
저 아래 흙들에게 너무나 미안한 일이었습니다
한 시절 찰지고 눅눅했을 그 젖가슴들은
금낭화 자식을 셋 넷 다섯 여섯 끝도 없이 내보내느라
마른버짐 핀 살갗에 쭈글쭈글 수심만 깊었습니다
자식들 놀다 박차고 나간 빈 자궁에
그렁그렁 근심만 수북합니다
몸져누운 어미를 딛고 줄줄이 서서
제 이쁜 모습을 자랑하는 금낭화 옆을 지나며
그만 먼데로 눈을 돌리고 말았습니다

그 자장면집

동해 바다 보리밭 따라 달리며
이쯤에서 자장면 먹고 싶다고
손으로 두드린 옛날 자장면집 하나 나왔으면
얼마나 좋을까 좋을까를 생각하다가
그 생각 막 접으려는 순간
거짓말처럼 그런 자장면집 하나 불쑥 나타났다
날 선 보리밭 동해 바다가 빚은 자장면
고춧가루 식초 단무지 맛으로 매콤새콤 요동치는
파도가 때기장친 면발이
줄줄이 끝도 없이 걸려 올라온다
보리밭 옆 바람이 한번 때기장치고 햇살이 버무린
여기까지 오는 길에 수월찮게 내가 때기장친
면발이 줄줄이 휘늘어진다
파도에 곤두박질치며 세월에 때기장치며
쫄깃쫄깃해진 바닷가 자장면집

너 아니? 그게 내 힘줄인 줄

서해까지

늦은 아침 깨우며 이부자리 들추는
머리 위의 해
오늘은 저걸 따서 구워먹는 것이다
반 접어 그 사이 눌러두면
노릇노릇 저물어갈 붉은 뺨
치즈나 설탕 같은 거 바르지 말고
서쪽으로 서쪽으로 나아가
변산반도 곰소쯤
잘 익은 붉은 해 한덩이 호호 불어
막 입으로 가져가려는데
소금밭이 늘어뜨린 헛바닥이 먼저 와
꿀딱 삼킨다
물이 다 달아난 까실한 오후
바다가 바닥을 칠 때까지
중참 한번 내오지 않은 하늘이
난 모르는 일이라고
문을 쾅 닫고 간다

다대포 일몰

해 지는 거 보러 왔다가
해는 못 보고
해 지면서 울렁울렁 밟아놓고 간
바다의 속곳, 갯벌만 보네

해가 흘러놓고 간 명백한 지문
어서 바닷물을 보내
현장검증중인 지문을 지우지만
갯벌은 해가 남긴 길고 긴 증거를
온몸으로 사수하네

시부렁 지부렁 둥을 밀어붙이며
그 지문에 다 씌어 있다고

한 여인이 재빨리 와
이 과격한 문서를
저 혼자 읽고 숨기네

뒤꿈치로 쿡쿡 밟으며

쑥쑥 지우며

지품에서

네가 부른다고 잰걸음에 달려온
내 죄가 크다
복사꽃 찾아 올라간 영덕 지품
오십릿길이 황량하다
그게 참 다행이라는 생각
수업 빼먹고 길 양편으로 울긋불긋
카드섹션 펼치고 있는 복숭아나무 보았으면
내 마음 흔들렸으리
몇 차례 찬란한 봄의 빛깔 펼쳐 보이다가
뭣이야 뭣이야 부르는 소리에
색칠하던 물감통 다 내던지고
책 보따리 질끈 동여매고
어미 품으로 돌아간 아이들
나 불러들인 죄로 호되게 종아리 맞고
저쯤에 숨어 내다보고 있을 분홍 볼 아이들
빈 가지에 남은 복사꽃 부스러기
서둘러 입 닦느라 아랫입술 근처에 남은
달디단 눈물 몇방울

벚꽃제

저 보러 가는 동안 조금 더 참지 못하고
이제 막 진해 초입 들어서는
내 얼굴 위로 환히 떨어지네
터널 지나 장복산 고개 막 넘어서는데
때마침 불어준 산들바람 참지 못하고
풀풀 방사하고 있는 조루 벚꽃
첫 휴가 해군 옆에 선 처녀 가슴께로
후르르 떨어지네

웬 웃음 눈물 풀풀 날리며 가도 까딱 않는 꽃대궁
바닷바람에 더 단단해져
줄줄이 늘어선 질긴 가지에 맺혔네
그렇게 많은 눈들이 지나갔건만
쉽게 방사할 줄 모르고 꼿꼿이 선 지루 벚꽃
첫아들 면회 온 아낙 머리 위에
낭창낭창 흔들리고 있네

속도

봐라 저 저놈의 성질

옆에서 뭐라고 조잘대는 동박새 두고
동백은 핀 그대로 바다에 투신하는데
제주 성산포 노란 개나리
비행기 쾌속선 고속전철 다 두고
급할 것 하나 없이 아장아장 걸어가고 있네

산수유 진달래 두견화 같은 것
갈 테면 먼저 가라고
제주에서 서울까지 한 이십일
이제 막 걸음마 배운 어린아이 걸음으로
방울뱀 청개구리 두더지 같은 것
꽃샘바람 하하 흔들어 깨우며
제주에서 서울까지 어슬렁 한 이십일

닫아건 문전마다 살랑살랑 치마폭 날리며

봐라 저 저놈의 급할 것 하나 없는
흐드러진 노랫가락

그래도 다 못 깨운 이쁜 놈들
봄 온 줄 모르고 늘어지게 자고 있는
흙무더기 들어올리다 널브러진

저 이쁜 놈들 다 우야꼬

그림자 호수

부여 궁남지

겨울 깊어 바람이 서늘해지자
호수를 에워싼 수양버들
누울 자리 찾아 슬슬 물 가까이 내려왔다
호수를 따라 둥글게 모여선 가지들
한파가 닥치면 어서 발을 집어넣으려고
캐시밀론 담요를 깔아놓았다
서로 싸우지 않으려고
저마다 대중해둔 그 담요는
정확한 일인용이다
지금 서둘지 않으면 이제 곧 바람이 와서
호수 전체를 얼음으로 덮을 것이다
수양버들은 그림자 속으로 들어와
단잠에 빠지려는 물의 지느러미를
자꾸만 흔들어 깨운다
잠들지 마 잠들지 마
벌써 저쯤에서는
곯아떨어진 물의 등을 밟고

얼음이 걸어오고 있다
슬금슬금
남의 집에 발을 찔러넣어보는 살얼음들
수양버들 그림자가 그 차가운 발목을
덮어주고 있다

산초나무가 호랑나비애벌레에게

아무도 놀러와주지 않는 내 독한 몸에 그대 날아와 알을 낳아주었네 아무도 쳐다봐주지 않는 내 독한 몸에 그대 애벌레로 와 누웠네 위에서부터 차근차근 내 몸 갉아먹으며 나 있는 곳까지 오시려는지 등이라도 두드리고 있네 내 살 갉아먹기 좋도록 하나씩 옷 벗어주고 있네 아픈 것을 참느라 구부러지고 새까매진 등뼈, 즐거워라 이 몸 다 먹고 나면 이 야윈 마음으로 오시려는가 오시려는가 아니 어쩌면, 그대 허물 벗고 그만 날아가버리네 창공을 밀어올리며 가는 저 팔랑거림, 그대 몸이 그려놓고 간 하얀 포물선을 받아 마시네 그 길 거슬러 딱 한번이라도 좋으니 내 어깨에 잠깐 앉았다 가주었으면. 그대 날개가 데리고 온 파란 하늘 좀 보았으면. 내 독한 몸이 피워낸 하얀 날개 좀 보았으면

화엄 정진

함월산 기림사 가는 나무 그림자
가는 길에 잠깐 발 멈추고 섰다

오랜만에 내리는 가을 한나절
땡볕을 맞고 있는 나락들

땀 좀 식히라고 멈추어준
나무 그늘의 등을
한사코 밀어낸다

뜨거운 총탄 세례
이 불구덩이 형벌을 막지 말라고

새벽 우포에서

여명은 없었으나
물살이 추적대며 잠 깨는 소리 들렸다
푸른 물이끼의 눅눅한 이부자리 헤치고
늪 가까이 다가서자
낯선 발소리에 컹컹 동네 개 한 마리 짖었다
긴 밤을 엎드려 있던 게으른 안개가
그때마다 몸을 일으키자
풀썩풀썩 품안에 갇혀 있던 새벽이
수초 틈을 헤집고 나왔다
그중 초겨울 서리로 하얗게 얼어붙은 눈썹 몇
억새 위에 맺혔다
새벽이 빠져나간 여백으로
오래 기회를 엿보았을 습지 새들이 줄행랑을 쳤다
후드득 붕어잡이 어부들이 그물을 거두어들이자
긴 휘파람 소리 따라
지상으로 거처를 옮기는 참붕어떼,
돌아나올 때 아까 짖던 개가

잠자코 꼬리를 흔들고 있었다
내 뒤를 따라나선
새벽안개를 반기는 중이었다

우짜노

어, 비 오네

자꾸 비 오면
꽃들은 우째 숨쉬노

젖은 눈 말리지 못해
퉁퉁 부어오른 잎

자꾸 천둥 번개 치면
새들은 우째 날겠노

노점 무 당근 팔던 자리
흥건히 고인 흙탕물

몸 간지러운 햇빛
우째 기지개 펴겠노

공차기하던 아이들 숨고
골대만 꿋꿋이 선 운동장

바람은 저 빗줄기 뚫고
우째 먼길 가겠노

인간, 아, 인간

살겠다고 아침마다 로얄제리 떠먹으며
이것 때문에 내 피 다시 도는 사이
여왕벌은 뭘 먹지 하는 생각
열심히 왱왱거리며 타액을 내놓은
수벌들은 얼마나 맥 빠질까 하는 생각
살겠다고 아침마다 계란 부쳐
내가 밥 한 그릇 다 먹어버리면
닭은 뭘로 알을 품지 하는 생각
잠든 머리맡 흔들어 깨우던
새벽 탄성은 누가 지르나 하는 생각
살겠다고 아침마다 누에가루 한 숟갈 떠넣으며
그 바람에 내가 새 기운 얻는다 해도
떠도는 이름들 이어줄 명주실
누가 자아낼까 하는 생각
마침내 인간만이 남으려고
인간아 인간아 불러줄
아무 소리 들리지 않는 황야까지 가려고

인간만이 남아
허겁지겁 인간을 잡아먹으려고

섬

바다 너머 연 날리는 아이들 여럿
멀리 가물대는 수평선 너머
갈매기는 반가워 끼룩끼룩 이리로 날고
파도는 신이 나 넘실넘실 저리로 춤추네
은비늘 눈부신 하늘을 타고
자꾸만 푸르게 날아간 아이들
방패연 가오리연 연줄을 끊어버렸네
금방 가벼워진 방패구름 가오리구름
수평선 그 어디쯤 내려앉았네
바닷가 아이들 날려보낸
먼 바다 조각배 몇점

총알택시 타고

총알택시 타고 잠깐 조는 사이
나의 전생이 간다
쯧쯧 어쩌다 이 지경이
우마차와 말발굽과 유모차가
언제 한번 본 듯하다는 표정으로
상투 틀고 앉은 토담 옆
피골상접한 겨울나무로 힐끔 본다
전생에 오줌 한번 갈긴 적 있는 버드나무
눈 흘기는 이파리로 숨어
찬란한 현세에 휩쓸려가는
총알택시 나를 붙든다
어이, 하고 부르다가
여봐라, 하고 호통치다가
묵묵부답 졸고 있는 현생을 지나
저기 눈에 불을 켠
후생이 앞질러간다

밤에

하늘로 가 별 닦는 일에 종사하라고
달에게 희고 동그란 헝겊을 주셨다

낮 동안 얼마나 열심히 일했는지
밤에 보면 헝겊 귀퉁이가
까맣게 물들어 있다

어두운 때 넓어질수록
별은 더욱 빛나고

다 새까매진 달 가까이로
이번에는 별이 나서서
가장자리부터 닦아주고 있다

가시

햇살에 묻어오는 바람이
마음에 차지 않았던 큰기둥선인장은
잎을 가시로 바꾸려고
제 몸 구석구석을 물어뜯었으리
허공 가운데 뾰족한 빨대 꽂고
있는 대로 바람을 포식하기까지
제 몸 구석구석
가시 아닌 곳 없었으리
뜨거운 태양의 양볼
통통하게 살이 오르고
저를 믿을 수 없었던 가시는
제 안으로 자꾸 파고들었으리
저를 찌르며 저를 할퀴며
목마른 그늘로 저를 내몰며
사막 가운데서 그만 죽어버리자고
제 밖으로도 가시를 곤추세웠으리

■

해설

숭그랑숭 히줄래기들이 팔을 괴고 앉아

고운기

1

영감 참방 두 내외가 오랜만에 부산에서 서울까지 나들이를 같이 한 것은 지난 겨울이었다. 영감 쪽이 백석문학상 시상식에 역대 수상자로서 참석한 자리이고, 참방 쪽은 어울려 지냈던 친구들을 만나보고 싶어서 나선 길이라고 했다.

벌써 십오륙년 전 그들은 잠시 서울 생활을 한 적이 있다. 그때 초등학교에 막 입학했던 큰아이가 지금 서울에서 대학을 다닌다지만, 끝내 그 생활을 접고 부산으로 내려간 다음 두 내외가 함께 서울나들이 하는 것을 좀체 본 적이 없다. 부인을 옆에 두어서였기 때문이었을까, 그날 따라 영감 쪽은 뒤풀이가 이어지는 동안 꽤나 의기양양 신나는 투를 보였는데, 내가 그를 만나오면서 웬만해선 그런 모습을 보지 못했으니, 나는 무엇보다도 벌써 여러 해 전 그가 죽을 고비를 넘기는 큰 수술을 받고, 수술의 충격보다 더 큰 이 세상과 친구들에 대한 야릇한 배신감 에 젖어들어 살게 되지나 않을까 걱정하곤 했었는데, 그런 걱정의 일단을 날려보내는 것 같아 적이 느꺼웠던 것 또한 사실이다. 부인이 말하길, "올 겨울은 거의 추위를 타지 않는다"고 한다. 건강이 그만큼 좋아졌다는 증거다.

이번 시집의 교정지를 받아든 순간 지난 겨울의 그 풍경이 떠올랐던 것은 분명 까닭이 있으리라. 그는 건강해 졌다, 수술의 충격과 여파에서 벗어났다, 아니 그러면서 더 넓고 큰 어떤 세계에 눈이 주어졌고 발걸음이 다다랐 다…… 그런 말들이 내 머릿속에 연속선을 그었다. 내가 이번 시집에서 본 것을 한마디로 요약하라면 일단 그렇 게 말할 수밖에 없다.

그러나 나는 그에 대해서 적게 알지만 이미 많은 부분 을 믿고 있다. 시에 관해서건, 살아가는 일에 관해서건, 한때의 고통이 그를 낙백(落魄)하게 만들지 않고, 한때의 영광이 그를 우쭐하게 만들지 않는다는 것을. 그래서 지난 시집, 그러니까 백석문학상을 그에게 안겨주었던 『일광욕하는 가구』의 뒤표지에 그가 남겼던 말을 나는 무심코 넘겨버리지 못한다.

내가 사는 부산 양정동 집을 중심으로 동쪽에는 푸조나무, 서쪽에는 배롱나무가 있다. 둘다 수령 오백년이 넘은 천연기념물이다. 이 나무들과 만나려고 잠잘 때 나는 한번은 오른쪽으로 한번은 왼쪽으로 돌아눕는다. 오래 한쪽만을 보고 있으면 나머지 하나가 저쪽에서 성큼성큼 걸어나와 내 등을 툭툭 친다. 겨드랑이에 난 양 날개처럼 그것들은 내가 한쪽으로 기울어지지 않게 해준다.

푸조나무는 느릅나뭇과에 속하는 큰키나무로 높이가 20미터를 넘는다. 그에 비해 배롱나무는 우리가 흔히 백일홍 또는 목백일홍이라 부르는 높이 5미터 안팎의 나무다. 우연한 일이겠지만 그렇게 대조적인 두 나무가 집을 사이에 두고 양쪽에 벌려 서 있다는 것이며, 그런 나무 두 그루를 거느리고 한쪽으로 기울어지지 않게 산다는 말이 곧 그의 삶인 것 같아 심상치 않다. 조용히 다가와 등을 툭툭 치는 나무를 둘 만큼 그는 그럴만한 내공을 닦은 사람이다. 시인 최영철이 그이다.

2

이번 시집에서 무엇보다 1부에 실린 작품들이 눈길을
끈다. 그간의 최영철을 느낄 수 있는 부분과 그렇지 않은
부분이 엇갈려 있으면서, 둘은 묘한 화음으로 새로운 세
계의 진전을 들려주는 듯하다.

시인은 우리 삶의 부조리한 모습을 다양한 스펙트럼으
로 보여준다. 매향리에서 구제역 돼지를 거쳐 네모난 수
박 그리고 DMZ의 두루미까지, 거기서 더 나아간다면 인
터넷의 바다 속에 익명으로 떠도는 주소들까지. 나는 그
가 현실의 문제에 아직껏 눈감지 않고 이렇듯 치열하게
싸우고 있는 데 놀랐다. 웬만한 호흡이 아니고서는 놓쳐
버리기 쉬운 자신과 자신의 시의 맥락이 연면히 살아 움
직이고 있다는 느낌 때문이다. 시를 통해 보이는 현실에
대한 이런 식의 접근은 낯선 일이 아니지만, 언제부터인
가 우리 시단에서 그런 치열함은 슬그머니 꼬리를 내리
고, 내면에의 탐색이 음풍영월에 아슬아슬하게 걸쳐가는
풍토가 만연한 다음이어서인지 새삼스럽기까지 하다. 사
실은 지난 시기 우리 시의 치열한 현실추구가 한발짝 더

나서서 걸어가자 소망했던 부분을 이제 와 여기서 본다.

아파트를 그리고 있는(이는 우연찮게도 창비시선의 바로 앞 번호인 하종오의 시집 가운데 「고층 아파트」의 발상과 닮아 있는데, 그것과는 또다른 서로의 개성이 뚜렷하다) 시의 한 구절에서,

아세요 당신이 뻗을 자리는 어느 길로 접어드나 앞으로 삼보 우로 삼보 좌로 삼보 잠시 주춤 뒤로 삼보에서 끝난다는 사실

─「아래층 여자 그 아래층 남자」 부분

을 주목하자. 그것이 우리 삶의 공간이다. 그의 부조리한 삶의 인식은 이 공간에서부터 출발한다. 몸을 눕히고 배를 채우며 식구들과 부딪히며 사는 공간에서부터 의식은 지배받는다. 그 의식의 공간은 어느 쪽으로나 삼보에서 끝난다. 그것이 한없이 뻗어가리라는 허위의식 속에서 우리는 구부러진 방구들의 접힌 부분에 생겨난 틈새를 알지 못한다. 사각형의 가공할 공간 속에서, 그리고 그 공간이 확대 재생산된 붕어빵 같은 공간의 모음 속에서 우리는 우리의 삶과 함께 누리며 살 공동체의 삶을 연결할 아무런 코드를 가지고 있지 못하다. 그의 시는 그런

모습을 극명하게 보여준다. 거실 이쪽저쪽을 거니는 일은 신문 보는 아래층 남자 대갈통을 지그시 밟아주고 있는 것이요, 생선 등에 젓가락을 내리꽂는 순간은 숙제하는 아래층 아이의 등골을 쑤시는 것이다. 사각형 안에서는 각각 제 스스로의 행복을 추구하는 여러 행위가 연출되고 있을 터이나, 그것은 한 공간이 다른 공간을 받쳐주는 역할자로 나타나지 않고, 미필적 고의의 살인적인 공격으로 전화(轉化)되어 있을 뿐이다. 그러기에 "이름도 얼굴도 모르는 위층 아래층을 향해 오르가슴은 달리고 있다는 사실, 잘 차려진 그득한 행복 위로 누가 자꾸 가래침을 뱉고 있다는 사실"을 시인은 뼈아프게 지적하지 않을 수 없다.

최영철 시인의 이러한 현실인식과 시화(詩化)는 물론 새삼스러운 일이 아니다. 그가 줄곧 추구해온 바임을 알고 있지만, 이번 시집만큼, 그것도 시집의 문을 열자마자 탐색전도 없이 이렇게 난타전으로 나오는 경우를 본 적이 없어서 놀랍다. 이 점이 이 시집을 곧추 읽게 했고, 나는 그가 지난날의 수술 후유증을 털어내고 치열한 시의 싸움을 할 만큼 건강해졌다는 생각을 한 것이다.

3

또 한번 놀라기로는 '삶의 부조리한 모습'에 대한, 어느 시의 제목에서도 나오듯이, '엽기'에 가까운 상상력이다. "난도질당한 소 돼지 염소 오리 닭/뿔뿔이 흩어진 제 몸통 부르고 있는 밤이었다"(「푸줏간 이야기」)는 식이니 말이다. 어쩌다 지나쳤을 정육점의 붉은 형광등 불빛 아래 걸려 있는 고기들이 그렇게 보였다는 것일까. 아니 그것 이상의 그만의 상상력이 여기에는 게재되어 있는 듯하다. 그리고 그렇게 말하지 않으면 도대체 성이 차지 않을 이 시대의 비뚤어진 삶의 모습들이 보였을 것이다.

이는 구제역의 비극을 소재로 한 다음과 같은 작품에서도 마찬가지이다.

구제역을 까고 구제역을 기르며 꼬물꼬물 구제역을 내보내고
말았네 불룩한 돼지 무덤 네 엄마 불룩한 젖가슴
네 엄마 젖꼭지에 붙어 울고 있는 네 아빠

—「돼지들」 부분

어디에선가 몰려와 돼지들을 잡아먹는 구제역은 이제

116

우리 안에서 생산되는 어떤 악의 표상처럼 보인다. 최영철 시인은 선량한 우리들을 괴롭히는 악질이 사실은 우리에 의해 만들어졌다는 것, 그러기에 모든 악의 근원이 다름아닌 우리 자신임을 아프게 성찰토록 한다. '까고' '기르며' '내보내는' 행위가 바로 그런 사실을 보여준다. 그것은 우리가 네모난 수박을 먹으며 "아주 먼 옛날 둥근 수박이 있었다는 사실도 모르게 된 지 오래"(「네모난 집」)인 채 살아가는 세상에서는 어쩌면 당연한지 모른다. 거기서 차라리 "끓는 냄비의 뚜껑을 열자/다 익어 날개를 단 메기 한 마리 날아올랐다"(「날아가는 메기」)는 상상력은 즐겁게 읽히는 대목이다. 모든 것을 다 버리고 해탈하는 이의 가벼운 몸짓을 연상시키는 까닭이다. 아마도 즐겁게 세상을 뜨는 자는, 아니 뜨기 위해서는, 살코기는 다 발리고 뼈만 앙상하게 남은 한 마리 메기가 되어야 하리라.

우리는 늘 "비릿한 젖냄새"(「무정란」)와 "물컹하고 비린 어머니의 젖"(「지진」)을 그리워하는 존재들이다. 거기서부터 인간은 욕정과 이성의 집합체로 뭉쳐져 나왔다. 비릿한 냄새의 근원은 생명이라는 말의 다른 표현이 아닐까, 그 비릿함의 상쾌함에서 우리는 살아 있음의 기쁨과 새로운 생명에의 건강한 희망을 가지고 살아가지 않

는가. 그러나 이제 우리는 천리(天理)와도 같은 그 싸이
클에서 자꾸만 멀어지고 있다.

'먹다'와 '죽다'라는 동사를 '먹고 죽은'으로 절묘하게
병치시키고, 앞뒤를 고리걸듯이 엮어나간 다음의 구절
을, 나는 이번 시집에서 최영철 시인이 보여주고자 하는
어떤 절정으로 읽는다.

　　낙동강 둔치에 뿌린 농약을 먹고 죽은 볍씨를 먹고
　죽은 청둥오리를 먹고 죽은 참수리를 먹고 죽은 참붕
　어를 먹고 죽은 흑두루미를 먹고 죽은 폐유를 먹고 죽
　은 강물을 먹고 죽은 아이를 먹고

　　죽은 것들을 먹고 죽어가는 것들을 먹고 죽었던 것
　들을 먹고 죽어갈 것들을
　　회치고 버무리고 초고추장에 찍어

　　　　　　　　　　　　　　　　　　　—「먹이사슬」 부분

먹이사슬은 그 말대로 하자면 끔찍한 약육강식의 순환
을 말한다. 그러나 그것은 엄연히 살자고 하는 짓이다.
끔찍하기는 해도 먹이사슬이 생태계를 보전시킨다. 원래
의 먹이사슬은 삶의 먹이사슬인 것이다. 살아 있기에 다

른 자의 먹이도 되지 않는가. 그러나 여기서 '먹고 죽은'으로 이어지는 먹이사슬은 살기 위한 것이 아닌 죽기 위한 그것으로 바뀌어 있다. 이 간단한 한마디 말의 굴림이 놀랍다. 농약에서 출발한 죽음의 먹이사슬이 마침내 아이에게 이르는 공포의 순간을 이 시는 단숨에 걸어올리고 있다.

사실은 어떤 전율 같은 것이 그의 시로부터 나와 나를 움찔거리게 했다는 말을 하고 싶어서 이렇게 둘러간다. 매우 통탄할 소재들을 걸어놓고서도 그는 너무나 차분히 노래하고 있다. 마음씨 착한 '부산 아저씨'이건만, 그래서 좀체 흥분하지 않는 그의 속내에 담긴 깊은 포한을 드러내려 하지 않아도 세상이 저절로 발가벗겨내는 듯 울리는 노래이다.

4

성탄전야의 저 어처구니없는 죽음, 유유자적하는 장애인 모자의 풍경, 단물 다 빠져나간 폐가 등은 이번 시집에서도 여전한 최영철 시인만의 등록상표와도 같은 작품들이다. 그렇게 다시 만날 수 있는 작품들이 있어 반갑다. 그런가 하면 「월내역」 같은 묘한 관능과 「랄라 룰루」

의 유희는 낯설면서도 재미있다.

시를 부리는 그의 이런 내공은 어디에서 온 것일까? "봄을 만나려는 마음이, 봄의 새와 꽃과 바람과 다시 노닐고 싶은 그리움이 그 나무들을 매년 살려낸 것처럼, 시와 놀고 싶은 마음이 허물어지려는 나를 다시 일으켰다"(『일광욕하는 가구』)고 하지만, 아마도

　　바늘잎나무가 사철을 사는 것은
　　그 뾰족한 입을 허공에 꽂고
　　산자락 가득 찬 공기를 배불리 빨아먹기 때문

　　단번에 잘려
　　기둥이나 마루판 되어서 오래 견디는 것은
　　그 뾰족한 침의 기억으로
　　달려드는 못된 것들을 모두 물리치기 때문
　　　　　　—「내가 소나무 잣나무 같은 것이었을 때」 부분

인 것처럼, 그가 견디어온 수절의 시간이 그를 받쳐주는 힘이리라 믿어 의심치 않는다.

'숭그랑숭'(「봄날」)과 '히줄래기'(「손」)라는 말을 이번 시집에서 나는 처음 본다. 사전에도 올라 있지 않다. 그

렇지만 두 말이 실린 작품의 앞뒤를 읽다 보면 독자들도
그 뜻을 대충 짐작할 수 있으리라. 그리하여 새로 배운
이 두 말에 의지하여, 나 같은 히줄래기도 숭그랑숭 팔을
괴고 앉아 한참 동안 그의 이야기에 귀를 기울이고 싶어
졌던 것이다.

高雲基 | 시인

■

시인의 말

오래된 스크랩북을 들추어보다가 십대 초반 멋모르고 이런저런 학생잡지에 발표했던 시들을 다시 읽으며 얼굴이 화끈거렸던 적이 있다. 누렇게 변색된 갱지에 찍힌 그 시들은 가당치도 않은 감상의 색채를 띠고 있었지만 그나마 간절한 자기구원이기는 했을 것이다. 그 마저도 없었다면 나는 초췌한 내 생을 수긍하지 못한 채 어느 모서리에선가 그만 맥을 놓고 말았으리라.

비틀대고 주저앉으려는 나를 여기까지 데려와준 시에게 크게 해준 게 없어 늘 미안하다. 따뜻한 아랫목에 앉혀본 적도 없고 부드러운 황금깃털을 달아준 적도 없다. 그런데도 쓰러진 나를 일으키는 지팡이가 되고 방만한 나를 빠뜨리는 수렁이 되어주었다. 단 한사람일지라도, 나 아닌 누군가에게 나의 시가 그런 그릇이었으면 한다.

무크지 『지평』에 실은 시들을 데뷔작으로 삼는다면 시를 발표한 지 이제 꼭 이십년이다. 지나간 시간을 돌아보기도 싫고 앞에 놓인 시간을 당당히 헤쳐갈 용기도 없어

졌을 때, 떠도는 나를 다시 불러앉혔던 이 땅의 자연과 사물과 이웃들이 새삼 고맙다.

그것들과 함께 좀더 나아가며 이제 내가 그들에게 빚을 갚아야 할 차례다.

2003년 여름

수영성 푸조나무 아래에서

최영철

창비시선 225

그림자 호수

초판 발행／2003년 8월 5일

지은이／최영철
펴낸이／고세현
편집／고형렬 김정혜 문경미 안병률
펴낸곳／(주)창작과비평사
등록／1986년 8월 5일 제85호
주소／경기도 파주시 교하읍 문발리 출판문화정보산업단지 42블럭 5
　　　우편번호 413-832
전화／031-955-3333
팩시밀리／영업 031-955-3399 · 편집 031-955-3400
홈페이지／www.changbi.com
전자우편／literat@changbi.com

ⓒ 최영철 2003
ISBN 89-364-2225-1 03810